NOUVELLE CARTE

DES

BASSINS HOUILLERS

DU NORD ET DU PAS-DE-CALAIS

NOUVELLE CARTE

DES

BASSINS HOUILLERS

DU NORD ET DU PAS-DE-CALAIS

PAR

E. VUILLEMIN

DEUXIÈME ÉDITION

REVUE ET CONSIDÉRABLEMENT AUGMENTÉE

DOUAI

PAUL DUTILLEUX, SUCCr DE A. ROBAUT

1875

AVIS DE L'ÉDITEUR

LORS DE LA PREMIÈRE ÉDITION.

Il n'existe pas de carte proprement dite des Bassins houillers du Nord et du Pas-de-Calais.

Les Ingénieurs, les étrangers qui visitent ces Bassins, les Administrateurs, les Industriels et enfin les nombreux Actionnaires qui ont engagé des capitaux dans les houillères sont très-embarrassés pour se procurer les indications les plus sommaires, les plus indispensables à une appréciation raisonnée des intérêts considérables qui se rattachent à l'exploitation des mines du Nord.

Telles sont les considérations qui nous ont décidé à publier la carte, dressée à un point de vue spécial, par un Ingénieur qui a suivi pendant de longues années les travaux qui ont amené le développement extraordinaire des Bassins du Nord et du Pas-de-Calais.

Il a bien voulu grouper, pour être joints à cette carte, des documents historiques et statistiques très-complets qui n'existent qu'épars dans des documents administratifs, dans diverses publications, et qu'il a complétés par des renseignements particuliers, de manière à condenser dans un cadre restreint toutes les particularités intéressantes des deux importants bassins houillers.

Nous avons la persuasion que ce travail, qui comble une lacune constatée depuis longtemps, recevra du public et surtout des nombreux intéressés auxquels il s'adresse, un accueil justifié par son exactitude *et son opportunité*.

PAUL DUTILLEUX.

Douai, le 1er juin 1874.

PRÉFACE

DE LA DEUXIÈME ÉDITION

L'accueil fait à la première édition de la *Nouvelle carte des Bassins houillers du Nord et du Pas-de-Calais* est venu me confirmer dans l'opinion que j'avais de l'utilité et de l'opportunité de cette carte. Son rapide écoulement a fait voir qu'elle satisfaisait à un besoin réel ; que le format en était commode, et que les résumés historiques et statistiques qui l'accompagnent, offraient un véritable intérêt.

Cependant la nouvelle carte n'a pas été à l'abri de la critique. On a trouvé qu'elle ne présentait pas suffisamment de détails et qu'elle contenait différentes erreurs.

Sans modifier la première idée que je m'étais faite du mode de sa publication, j'ai tenu cependant à donner, dans la deuxième édition, satisfaction aux critiques qui se sont produites.

A la carte primitive de l'ensemble des deux Bassins à

l'échelle de 1 à 240,000, j'ai joint une carte de chacun d'eux, à l'échelle de 1 à 160,000, renfermant plus de détails, et des indications plus claires et plus précises.

J'ai ajouté aussi deux coupes verticales donnant une idée sommaire de la forme qu'affectent nos gisements de houille.

J'ai cru utile de remanier le précis historique, de le diviser en périodes bien tranchées, et d'entrer dans plus de développements sur les nouvelles découvertes qui on conduit à la connaissance actuelle des Bassins.

Enfin j'ai complété les tableaux statistiques anciens, et en ai ajouté de nouveaux relatifs au mouvement des houilles par chemins de fer et par canaux.

E. VUILLEMIN.

Aniche, le 31 janvier 1873.

I

PRÉCIS HISTORIQUE

Les Bassins houillers du Nord et du Pas-de-Calais sont le prolongement de la grande formation houillère qui commence en Westphalie, passe à Aix-la-Chapelle, Liége, Namur, Charleroy, Mons et se continue en France par Valenciennes, Douai, Lens et Béthune.

L'étendue de cette formation est

En Prusse, d'environ	140 kilomètres.
En Belgique, de	170 —
Dans le département du Nord, de .	50 —
— du Pas-de-Calais.	60 —
Ensemble. . . .	420 kilomètres.

Comme sa largeur est comprise entre 8 et 12 kilomètres, on peut évaluer la superficie qu'elle occupe à 4,200 kilomètres carrés, ou 420,000 hectares.

A Aix-la-Chapelle et en Belgique, le terrain houiller

affleure à la surface du sol, tandis qu'en France il est recouvert par des formations plus modernes, dont l'épaisseur de 35 mètres aux environs de Condé, augmente en s'avançant vers l'ouest, pour atteindre 160 et même 200 mètres près de Douai et dans tout le Pas-de-Calais.

La houille était exploitée à Liége et dans le Hainaut dès le commencement du XIIIe siècle, et à la fin du XVIIe, on comptait aux environs de Mons 120 fosses occupant 5,000 ouvriers.

Le traité de Ryswick, 20 septembre 1697, réunit à la France une partie de la province du Hainaut, celle où n'existaient pas des mines de houille.

Aussi les habitants de cette partie du Hainaut songèrent bientôt à ouvrir des mines comme leurs voisins et tentèrent de nombreuses recherches pour découvrir la houille.

Ces tentatives avaient toutes échoué, lorsque, en 1716, Jacques, vicomte Desandrouin, qui exploitait déjà des mines à Charleroy, forma avec son frère Pierre, maître de verreries à Fresne, Taffin et Désaubois, une société pour rechercher la houille dans les environs de Valenciennes.

1716-1757

Les travaux furent commencés à Fresne le 1er juillet 1716, sous la direction de Jacques Mathieu, Ingénieur de Charleroy.

La houille ne fut découverte que le 3 février 1720, dans le creusement d'une septième fosse, six autres précédemment percées ayant échoué par suite de l'abondance des eaux.

Mais la veille de Noël de l'année 1720, une pièce de cuvelage se rompit, les eaux submergèrent les travaux et l'entreprise fut abandonnée.

Jacques Desandrouin ne se laissa pas abattre.

Certain de l'existence de la houille, il forma une nouvelle société, perça deux nouveaux puits, et en août 1723 découvrit une belle veine de charbon.

Dès lors, l'exploitation des mines de Fresne était fondée. L'exploitation ne produisait que des houilles maigres et ne donnait pas de bénéfice. Aussi, dès 1725, on chercha la houille grasse, et après bien des tentatives infructueuses, Pierre Mathieu, fils de Jacques, finit par la rencontrer, le 24 juin 1734, à la fosse du Pavé, sur Anzin.

On avait creusé 34 puits, de 1716 à 1735 et dépensé 1,443,103 livres.

.La compagnie Desandrouin commença alors à trouver la récompense de ses persévérants sacrifices. Son exploitation, quelques années après, était bien réglée et prospère.

Mais elle ne jouit pas tranquillement de ses succès.

Attaquée dans la propriété de ses concessions par les seigneurs haut-justiciers, le prince de Croy, qui avait découvert la houille près de Condé, en 1749, et le marquis de Cernay, qui avait ouvert en 1754 des puits sur Raismes et à Saint-Waast-la-Haut, elle était sur le point de succomber, quand intervint, le 19 novembre 1757, le contrat de transaction et d'association perpétuelle qui forme encore aujourd'hui la charte de la compagnie d'Anzin.

Différentes recherches avaient lieu en même temps sur d'autres points.

D'abord, en 1732, dans les environs de Condé, par une société de Borains, puis dans les environs d'Avesnes, à Jeumont, Berlaimont, Sassegnies et Landrecies en 1735.

Le 18 juillet 1749, une société se forme pour tirer du charbon dans la seigneurie de Mortagne. Elle perce une première fosse à Flines, une deuxième à Notre-Dame-au-Bois et une troisième près d'Odomez, où elle découvre la houille, mais inexploitable.

La compagnie Wuillaume-Turner se forme à Valenciennes vers 1746, pour l'exploitation de la houille en Belgique.

N'ayant pas réussi, elle transporte partie de son matériel à Marchiennes en 1752 et y creuse un puits qu'elle abandonne à cause des niveaux d'eau et des sables mouvants.

Puis elle fait une tentative à Equerchin et y atteint le rocher. En mars 1755, le cuvelage se rompt; on finit par le réparer, mais les galeries poussées au midi et au nord ne rencontrent pas de veine de houille et les travaux sont abandonnés en 1759.

Une compagnie Dona obtient, en 1741, des États d'Artois une concession comprenant Lens et Arras. Ses travaux sont abandonnés sans résultats.

Le sieur de Villers reprend ces explorations et les étend, non-seulement dans les environs d'Arras, mais à Pernes, Souchez, Monchy-le-Preux.

De 1716 à 1757, la compagnie Desandrouin et ses nouveaux associés, le prince de Croy et le marquis de Cernay, avaient seuls rencontré en France la houille exploitable.

C'est à la première de ces compagnies et à ses directeurs Mathieu, qu'on doit l'invention en 1720 du cuvelage avec picotage pour la retenue des eaux des niveaux et la première application, en 1732, de la machine à feu de Newcomen.

En 1756, cette compagnie possédait cinq machines à vapeur. Ses travaux étaient alors importants; ils occupaient 1,500 ouvriers.

1757-1793

La compagnie d'Anzin développe son exploitation, qui donne des résultats fructueux et de nature à encourager de nouveaux explorateurs.

La compagnie de Mortagne, qui s'était dissoute en 1759, se reforme sous l'impulsion de Christophe Mathieu, fils de Jacques.

Elle perce deux fosses à Wihers (Belgique) et deux autres à Bruilles, mais sans résultat. Elle refait des travaux à Odomez, puis reprend ceux de Notre-Dame-au-Bois en 1775, et y trouve une *passée* de charbon. Enfin en 1779, elle abandonne ses travaux après des dépenses considérables.

En septembre 1770, le sieur Martho, ingénieur, obtint pour la compagnie qu'il avait formée, une concession de 30 ans sur la rive droite de l'Escaut et commença à la même époque deux puits à Saint-Saulve. Trois veines, dont une de neuf paumes, furent rencontrées en 1773, après avoir dépensé 400,000 livres. Un incendie réduisit en cendres l'établissement le 18 avril 1774.

Les travaux furent repris, mais l'exploitation ne fournit que de mauvais charbon ; et après plusieurs tentatives de percement d'autres fosses, qui présentèrent de grandes difficultés à cause des eaux des niveaux, et durent coûter des sommes énormes, la compagnie Martho découragée, abandonna ses travaux de Saint-Saulve. Elle les reporta à Villerspol et à Sepmeries, où furent creusées deux avaleresses.

La compagnie Wuillaume-Turner, après l'abandon de ses travaux d'Équerchin, en entreprend de nouveaux à Rœux, puis elle se dissout en février 1760.

Quelques-uns de ses associés, Havez et Lecellier, ouvrent une fosse à Fampoux en 1763, puis à Halloy, près Doullens, enfin à Bienvillers et à Pommiers en 1765. Ces dernières fosses trouvèrent, dit-on, le *Tourtia*.

Les sieurs Turner et Havez estimaient qu'ils avaient dépensé 499,196 livres.

Le 11 novembre 1773, est signé le contrat de la société des mines d'Aniche, la seule de toutes les sociétés de cette époque, avec Anzin, qui soit arrivée à créer des travaux fructueux.

Son fondateur fut le marquis de Traisnel, seigneur de Villers-au-Tertre, Bugnicourt, etc., qui obtint, par arrêt du conseil d'État du 10 mars 1774, la concession des mines de charbon comprises entre la Sensée, la Scarpe et la chaussée de Marchiennes à Bouchain.

Les premiers travaux consistèrent en un sondage à Fressain, puis une fosse à Monchecourt, qui fut abandonnée en 1777, après exécution sans succès de plusieurs galeries dans le rocher.

Le matériel fut transporté à Aniche, où la houille fut découverte le 11 septembre 1778, dans la fosse Sainte-Catherine.

Cette découverte rendit le courage aux sociétaires; la confiance était telle que la compagnie usa de son droit de retrait sur six deniers vendus par M. de Sainte-Aldegonde au prix de 8,333 livres, alors qu'on n'avait versé que 1,000 livres par denier.

Dès 1781, l'exploitation ne répondait déjà plus aux espérances des intéressés. On perça plusieurs autres fosses, et l'une d'elles, Sainte-Barbe, fut mise en exploitation d'une manière assez fructueuse.

D'autres recherches de houille s'effectuèrent en même temps à Glageon et à Trélon, vers 1765, à Aulnoye en 1782, où l'on creusa deux puits qui furent poussés à 120 et 130 pieds de profondeur. En 1783, le sieur Deulin prétendit avoir rencontré la houille à Saint-Rémy-Chaussée.

En 1781, le sieur Godonesche ouvrait deux fosses à Losquin, près Lille; ces travaux furent abandonnés en 1785.

A Varlaing, près Marchiennes, le sieur Schon Lamand ouvrit une fosse qui fut bientôt arrêtée par les eaux et les sables mouvants.

Les États d'Artois avaient promis une récompense de 200,000 livres à celui qui exploiterait le premier le charbon dans l'Artois. Trois compagnies se présentèrent en 1778 et 1779, Aniche, Anzin et la Société du duc de Guines.

Les divers travaux entrepris, notamment à Achicourt et à Tilloy, de 1781 à 1789, et qui furent poussés jusqu'au-dessous du Tourtia, n'amenèrent aucun résultat.

A Hardinghem, dans le Boulonnais, la houille aurait été découverte, suivant les uns en 1692, suivant d'autres en 1720, en 1730, ou en 1739.

On ouvrit, en 1758, une fosse dont le charbon égalait, dit-on, celui de Mons, et qui produisait, vers 1786, 60,000 hectolitres par an.

MM. Cazin frères, directeurs de la verrerie établie à Hardinghem, obtinrent le 11 nivôse an VIII, la concession des territoires de Réty, Hardinghem et Elinghem (Fiennes).

La compagnie d'Anzin, dans la période qui nous occupe, développa son exploitation sur une grande échelle. De 1757 à 1791, elle creusa 72 puits, dont 43 seulement réussirent. Si l'on y joint les 94 puits qui avaient été faits par les compagnies devancières, on arrive à un total de 166 puits, dont 90 seulement purent être utilisés.

En 1791, il restait seulement en activité 37 puits, dont 28 pour l'extraction et 9 pour l'épuisement.

Les travaux étaient conduits avec autant d'intelligence

que d'activité. En 1783, la compagnie employait plus de 3,000 ouvriers et 4,000 en 1789. Elle avait, en outre, 12 machines à vapeur et 600 chevaux pour l'extraction et ses voiturages. Elle extrayait, de 1779 à 1783, 175,000 tonnes de houille par an, et 280,000 tonnes en 1790.

L'extraction d'une aussi grande quantité de houille amena la baisse de ce combustible. En 1734, le charbon belge valait à Valenciennes 15 francs la tonne. La découverte de la houille à Anzin fit baisser ce prix à 12 francs et même à 8 francs. En 1756, il était de 9 francs et subsista à ce taux jusqu'en 1782. Il s'éleva à 10 francs en 1785. Au moment de la révolution, le département du Nord consommait 300,000 tonnes.

Le salaire du mineur était de 14 sous 1/2 en 1755, de 20 sous en 1784, et de 22 sous 1/2 en 1791.

Les bénéfices de la Compagnie d'Anzin étaient en 1764 de 300,000 livres, en 1775 de 400,000, en 1779 de 700,075 et en 1788 de 1,400,000, d'après l'estimation du préfet Dieudonné.

D'un registre écrit de la main du marquis de Cernay, et déposé au district de Valenciennes, il résulte que : « Le marquis de Cernay, propriétaire de 2 sous, 1 denier et 5/19 de denier, a reçu pour sa part, dans le profit des mines d'Anzin, année commune, depuis 1764 jusqu'en 1783, 47,474 livres, » soit environ 1,900 livres au denier.

En 1781, le denier d'Anzin se vendait 33,250 livres et en 1791 sa valeur devait être double. Le capital représenté par les parts d'intérêts, correspondait donc à 9,576,000 livres en 1781 et à près de 20 millions en 1791.

L'exploitation d'Aniche était loin de prospérer comme celle d'Anzin.

De 1780 à 1784, elle ne produisait annuellement que 5,200 tonnes. Ses dépenses augmentaient chaque jour. Elle avait creusé 8 puits, et dépensé au 1er janvier 1786, 1,296,783 livres 9 sous 6 deniers.

Voici d'après le préfet Dieudonné, quelles étaient les recettes et les dépenses des mines d'Anzin et d'Aniche en 1789.

ANZIN.

RECETTES.		DÉPENSES.	
		4,000 employés et ouvriers à 275f..	1,100,000 f
		40,000 stères de bois à 7f,50 . .	300,000
280,000 tonnes de houille extraite.	3,395,010f	30,000 tonnes de houille pour le chauffage des machines à feu. ci	270,000
		Entretien et achat de chevaux . .	503,300
12f,12 par tonne..	3,395,010	8f,08 par tonne. .	2,263,300

Bénéfice : 1,131,700 fr., ou 4 fr. 04 par tonne.

ANICHE.

		80 ouvriers et employés à 275 fr. .	22,000 »
3,831 tonnes de houille extraite.	47,401f,77	400 stères de bois.	6,280 »
		141 t. de houille.	1,272 15
		Entretien et achat de chevaux. . .	10,915 »
12f,27 par tonne .	47,401 77	10f,56 par tonne..	40,467 15

Bénéfices : 6,934 fr. 12, ou 1 fr. 81 par tonne.

La Révolution française vint modifier toutes les conditions de la nouvelle industrie des mines du Nord.

Le pays fut envahi par les Autrichiens, les magasins furent pillés et les travaux abandonnés. La plupart des sociétaires d'Anzin et d'Aniche avaient émigré. Leurs parts d'intérêts avaient été confisquées par la République, qui se trouvait ainsi substituée à leur place.

Enfin parut la loi du 17 frimaire an III, qui autorisait « les citoyens intéressés dans les établissements de commerce ou manufactures, dont un ou plusieurs associés avaient été frappés de confiscation, » à racheter de la Nation les portions confisquées sur leurs sociétaires, à la charge d'entretenir ces établissements en activité et de demeurer seuls soumis aux dettes sociales.

Il résulte des pièces visées dans un avis du directoire du district de Valenciennes, du 18 germinal an III.

« Que des 24 sous dont la Société d'Anzin est com-

2

posée, 14 sous 1 denier et une portion appartiennent à la République par l'émigration des propriétaires, et que suivant l'état de l'actif et du passif dudit établissement, dressé par les experts-arbitres, l'actif ne dépasse le passif que de 4,105,327 livres 16 sous 5 deniers, dont il revient à la République 2,418,505 livres 18 sous, 5 deniers pour les intérêts des émigrés. »

Le 23 prairial an III, l'administration du District de Valenciennes, signa au profit de Desandrouin l'acte d'abandon et de cession par la République des parts d'émigrés, moyennant le payement de 2,418,505 livres, et l'obligation de maintenir les établissements dans la plus grande activité possible. M. Desandrouin transféra les 14 sous 1 denier des émigrés, partie à titre de restitution, à plusieurs de ses anciens associés, partie à de nouveaux sociétaires.

Pour la compagnie d'Aniche, l'estimation des experts-arbitres fixa à 424,733 livres 18 sous 16 deniers l'excédant du passif sur l'actif, et à 233,397 livres la part des dettes qui incombait à la République pour les 12 sous 6 deniers 1/2 qu'elle tenait des émigrés.

Aussi, le 22 fructidor an III, le district de Douai « céda et abandonna à la compagnie, représentée par les sociétaires non émigrés, toutes les propriétés de l'établissement, à la charge par elle d'acquitter la totalité des créances, et en outre de l'entretenir en activité. »

Les parts d'intérêts cédées par la République furent partagées entre les sociétaires restés en France, dans la

proportion de 1 et 2/3 de denier par chaque denier pri-
mitif.

C'était une véritable charge qu'assumaient les sociétaires d'Aniche. En effet, dès 1791, plusieurs intéressés
demandaient à quitter la société, conformément aux sta-
tuts « en abandonnant leurs mises et payant leur quote-
part de dettes. » Une dame de Lille n'obtint cet abandon
pour 6 deniers d'intérêts qu'en payant à la Société une
somme de 36,000 livres, représentant la part de dettes
afférente à ses 6 deniers.

L'industrie houillère du Nord ne se releva que lentement de la situation que lui avaient faite l'invasion et la révolution.

L'annexion des exploitations belges à la France, le ralentissement du mouvement industriel pendant les guerres de l'Empire s'opposaient du reste à un développement de l'exploitation.

D'après le préfet Dieudonné, les produits et dépenses des compagnies d'Anzin et d'Aniche étaient, en l'an IX (1802) :

ANZIN.

RECETTES.		DÉPENSES.	
220,000 tonnes de houille extraite.	2,680,000^f	3,000 employés et ouvriers à 366^f.	1,100,000^f
		35,000 stères de bois à 7^f,85 . .	275,000
		40,000 tonnes de houille pour le chauffage des machines à feu,	180,000
		Entretien, divers.	778,334
12^f,17 la tonne. .	2,680,000	10^f,15 la tonne. .	2,333,334

Bénéfice : 446,666 fr., ou 2 fr. 02 par tonne.

ANICHE.

19,158 tonnes de houille extraite. .	260,071^f	340 employés et ouvriers à 382^f. .	130,000^f
		2,000 stères de bois.	33,400
		607 tonnes, houille.	6,361
		Entretien, divers. .	34,576
13^f,57 la tonne.. .	260,071	10^f,66 la tonne . .	204,337

Bénéfice : 55,734 fr., ou 2 fr. 91 par tonne.

Ainsi le bénéfice, d'Anzin qui était en 1789 de 1,131,700 francs ou de 4 fr. 04 par tonne, n'était plus en 1802 que de 446,666 francs, ou de 2 fr. 02 par tonne.

Lorsque les sociétaires émigrés purent rentrer en France, ils réclamèrent leurs parts d'intérêts confisquées par la République. De nombreux procès s'engagèrent à ce propos : les tribunaux reconnurent toujours les cessions et abandons de la Nation comme parfaitement légaux.

Une compagnie, dite Lasalle, s'était formée en l'an XII pour revendiquer une partie des concessions de la compagnie d'Anzin, en se fondant sur ce que celle-ci avait encouru la déchéance par l'inexécution de la loi du 28 juillet 1791 prescrivant la réduction des concessions à une superficie maxima de six lieues carrés.

Plusieurs des anciens sociétaires émigrés, mécontents de voir repoussées leurs réclamations au sujet de leurs parts d'intérêts, s'associèrent à la compagnie Lasalle, dont plusieurs membres, généraux de l'Empire, jouissaient d'une grande influence.

Un avis du conseil d'État, du 27 mars 1806, rejeta la demande de la compagnie Lasalle.

D'un autre côté, la régie d'Anzin voulant mettre fin aux réclamations des émigrés, décida la même année qu'il serait racheté trois sols d'intérêt qui serviraient à indemniser les familles dont les parts avaient été confisquées et vendues par le domaine public.

Cette restitution donna lieu plus tard à un procès entre la compagnie Lasalle et les émigrés qui s'étaient associés à cette compagnie ; celle-ci réclamait la moitié des trois sols restitués par la régie d'Anzin. Un jugement du tribunal de la Seine, du 14 juillet 1836, repoussa cette réclamation.

De 1800 à 1820, la production des mines d'Anzin reste comprise entre 220,000 et 250,000 tonnes. Celle d'Aniche varie entre 20,000 et 30,000 tonnes. Elle s'accroît ensuite d'année en année et atteint, pour l'ensemble des deux compagnies, le chiffre de 430,000 tonnes en 1830.

Cependant les bénéfices de la compagnie d'Anzin dans cette période ont dû être relativement considérables. Sans connaître les dividendes alors distribués, on sait que des réserves importantes ont été faites ; que ces réserves habilement placées, en rentes, en actions de canaux, en actions industrielles, ont constitué des capitaux tels qu'en 1833, sur un dividende réparti de 8,000 francs, les intérêts des placements do fonds figurent pour 4,000 francs ou une somme égale aux produits nets de l'exploitation.

Le denier valait alors 100,000 francs.

Dès 1807, la compagnie d'Anzin achète la concession de Saint-Saulve, accordée en 1770 à la société Martho.

Le puits de la Pensée, à Abscon, est ouvert en 1822. D'autres puits sont ouverts successivement à Denain, et de nouveaux champs d'exploitation viennent s'ajouter aux anciens. Le chiffre des fosses en extraction, qui n'était que de 12 en 1800, s'élève à 16 en 1820, et à 27 en 1830.

La compagnie d'Aniche, de son côté, réalise quelques bénéfices, et distribue en l'an XIII un premier dividende de 20 fr. 57 par denier. D'autres dividendes, de 100 francs par denier sont distribués en 1813, 1814, 1825 et 1826. La valeur du denier reste cependant comprise entre 1,000 et 1,500 francs. Les sociétaires sont découragés, et différentes négociations sont entamées en 1820 avec la compagnie d'Anzin, puis en 1827 avec des capitalistes, pour la vente de la concession.

Quoique cette concession soit très-étendue, et que la compagnie d'Aniche n'en tire qu'un faible parti, elle forme demandes sur demandes pour l'extension de son périmètre, tantôt au sud, tantôt à l'ouest jusque vers Lens.

1830-1848

Les nouveaux travaux d'Abscon et de Denain engagèrent MM. Mathieu frères à faire des sondages au sud du
bassin vers Douchy ; ces sondages, conjointement avec
ceux qu'exécuta aussi la compagnie d'Anzin, décou-
vrirent la houille et donnèrent lieu à l'institution de deux
nouvelles concessions : celle de Denain accordée à la compagnie d'Anzin le 5 juin 1831, et celle de Douchy le
12 février 1832 à la compagnie de ce nom.

. Un engouement prodigieux se produisit en quelques
jours dans le public en faveur de la compagnie de Douchy, avant même qu'elle eût commencé aucune fosse. Ses
actions, au nombre de 26, qui avaient versé 2,400 francs,
atteignirent le taux fabuleux de 300,000 francs.

La première fosse de Douchy, fut ouverte en 1833. On
y rencontra la houille en 1834.

Plusieurs autres fosses furent ouvertes successivement

et dès 1836 elles produisaient 77,000 tonnes, en 1838 100,000 tonnes et en 1847 138,000 tonnes.

Au nord du bassin la compagnie de Bruille exécutait de nombreux sondages, dont les découvertes donnèrent lieu à l'établissement, le 6 octobre 1832, de deux petites concessions, l'une d'Odomez accordée à la compagnie d'Anzin, l'autre de Bruille accordée à la compagnie de ce nom, qui y ouvrit 3 puits.

La compagnie de Bruille obtint une nouvelle concession le 17 août 1836, celle de Château-l'Abbaye. Elle ouvrit une exploitation, mais peu fructueuse, qui fournissait en 1841, 20,000 tonnes d'un charbon très-maigre.

Les succès de la compagnie de Douchy amenèrent une véritable furie de recherches de houille. Dès 1834 on voit surgir de toutes parts de nouvelles entreprises. Le nombre en est encore augmenté par la fièvre de spéculation de 1837 et 1838. A cette époque on ne compte pas moins de 70 demandes de permissions ou de concessions inscrites à la préfecture du Nord.

Ce département, celui du Pas-de-Calais sont fouillés dans tous les sens, et, particularité singulière, presque tous les puits creusés de 1735 à 1790 sont rouverts par les nouvelles compagnies, soit que l'on envisage les anciennes recherches comme mal exécutées, soit que l'on admette l'opinion universellement accréditée que des découvertes de houille ont été faites jadis dans ces anciens puits et que la compagnie d'Anzin en a acheté l'abandon.

Au sud-est de Valenciennes ce sont les compagnies de

Marly et de Crespin qui obtiennent, en 1836, deux concessions. La première ouvre plusieurs puits, dont un la fosse
Petit, rencontre une couche de houille assez puissante qui
fut exploitée pendant quelque temps, puis abandonnée
en 1842 à la limite de la compagnie d'Anzin.

La seconde creuse également un puits, mais sans
succès.

Depuis, il a été souvent question de reprendre l'exploration de ces concessions, et tout dernièrement deux compagnies se sont formées à cet effet.

En 1837, une société dite de Fiennes et Hardinghem
achète deux des concessions du Boulonnais, s'étendant
sur 3,431 hectares. Une exploitation qui ne dépasse pas
20,000 tonnes annuellement, réalise quelques bénéfices et
permet même des distributions de dividendes pendant
quelques années.

Au nord du bassin, la compagnie d'Hasnon exécutait
plusieurs sondages et ouvrait trois puits qui rencontrèrent
la houille, mais en couches minces, de qualité très-
médiocre et qui furent abandonnés après des dépenses
considérables. Une ordonnance du 23 juin 1840 lui
accorda la concession d'Hasnon.

En 1838, quatre compagnies dites de l'Escaut, de Cambrai, de Bruille et de Vervins, découvraient la houille dans
plusieurs sondages à Vicoigne. La compagnie d'Hasnon
les suivait sur ce terrain, et une ordonnance du 12 septembre 1841 instituait la concession de Vicoigne en
faveur de quatre de ces compagnies réunies, à l'exclusion

de celle de Vervins. Quatre puits y fonctionnèrent bientôt et leur production s'éleva d'année en année pour atteindre 72,000 tonnes en 1847.

La compagnie d'Anzin avait acheté la concession d'Hasnon et son droit au quart de Vicoigne, moyennant 600,000 francs. C'est à ce titre qu'elle intervint dans la formation de la compagnie de Vicoigne du 30 novembre 1843.

Plus tard la compagnie de Vicoigne acheta de la compagnie de Bruille ses deux concessions de Bruille et de Château-l'Abbaye.

Au midi d'Aniche s'établissent quatre compagnies de recherches, d'Hordain, d'Étrœung, d'Azincourt et Carette, et Minguet. Une concession est accordée le 20 décembre 1840 à la réunion de ces quatre sociétés sous le nom de concession d'Azincourt. Sa production en 1843 est de 26,849 tonnes et s'élève en 1847 à 40,000 tonnes.

Plusieurs sociétés dites de Fresne-Midi, Thivencelles et Condéenne explorent les terrains au sud-est de Condé, et leurs travaux donnent lieu, le 10 septembre 1841, à l'établissement des trois concessions d'Escaupont, Thivencelles et Saint-Aybert, en faveur des trois sociétés réunies sous le nom de compagnie de Thivencelles et Fresne-Midi. Une fosse ouverte à Fresne produisait, en 1841, 12,000 tonnes et en 1846, 22,732 tonnes.

La société des canonniers de Lille exécute divers sondages au nord de la concession d'Aniche, et ouvre un puits à Marchiennes, où elle découvre une petite veine de houille. Un commencement d'exploitation y est établi, mais elle est bientôt abandonnée comme l'avaient été les exploitations d'Hasnon et de Bruille situées à l'extrémité nord du bassin.

Divers sondages et un puits sont creusés du côté de Cantin. Ils rencontrent le terrain dévonien.

L'ancien puits d'Équerchin est repris; comme en 1755, on y trouve le terrain rouge.

Il en est de même de l'ancien puits ouvert en 1773 par la compagnie d'Aniche à Monchecourt.

Cette compagnie ouvre, elle aussi, un puits à Mastaing; une société Saint-Quentinoise s'établit à Bouchain, et les compagnies de Douchy et d'Anzin ouvrent des avale-resses dans cette direction. Tous ces travaux constatent l'absence du terrain houiller dans cette région.

Les anciens puits de Pernes, de Monchy-le-Preux, d'Achicourt sont rouverts sans plus de succès qu'autrefois.

La compagnie de la Scarpe, fondée à Cambrai le 5 février 1847, fut plus heureuse. Son premier sondage au nord de Douai, à l'Escarpelle, rencontre la houille en juin 1847, et une fosse ouverte en ce point vint confirmer l'existence du prolongement du bassin du Nord à l'ouest de la concession d'Aniche.

De 1830 à 1848, la production du bassin passe de 430,000 tonnes à 1,150,000 tonnes. La compagnie d'Anzin double son extraction, Aniche triple la sienne, et les compagnies nouvelles viennent apporter un contingent important au développement de la production.

Le denier d'Anzin rapporte de 8 à 10,000 francs par an, et vaut en 1840, 200,000 francs.

Aniche commence en 1846 la répartition de dividendes annuels réguliers, d'abord de 300 francs, et en 1847 de 600 francs. La valeur du denier est montée à 16,000 francs

1848-1875

En même temps que la compagnie de la Scarpe découvrait la houille à l'Escarpelle en 1847, M. Mulot, en exécutant un sondage à Oignies pour fournir de l'eau à l'habitation de Mme de Clercq, traversait la craie et atteignait le terrain houiller sans que l'on s'y attendît le moins du monde.

M. Charles Mathieu, l'un des fondateurs de Douchy, eut connaissance de la découverte d'Oignies. Avec quelques associés, il établit un sondage à Courrières, et bientôt après un puits qui, dès 1854, fournissait 672 tonnes de houille sèche.

M. de Bracquemont, directeur des mines de Vicoigne, qui, dès l'année 1845, engageait sa compagnie à exécuter des recherches sur le prolongement du bassin au delà de Douai à l'Escarpelle, la décida enfin en 1850 à ouvrir des sondages à l'ouest de Lens, à Loos, Nœux, Sains et Béthune. Ces sondages aboutirent rapidement à constater l'existence de toutes les qualités de houille sur ces points déjà très-distants de Douai.

Une fosse fut commencée à Nœux en 1851, et fournit, dès 1852, 9,128 tonnes de houille grasse.

M. Casteleyn, peu de temps après, découvrait aussi la houille à Lens et en explorait les environs avec le même succès.

Dès lors, le bassin houiller du Pas-de-Calais était découvert, et, grâce aux études, aux indications de M. l'ingénieur Dusouich, les explorations de nombreuses autres sociétés se suivaient au delà de Béthune jusqu'à Fléchinelle avec la certitude du succès.

C'est ainsi que se formèrent, de 1851 à 1855, les compagnies houillères de Bully-Grenay, de Bruay, de Marles, de Ferfay, d'Auchy-au-Bois et de Fléchinelle, dont les découvertes, jointes aux précédentes, donnèrent lieu à l'institution de dix concessions s'étendant dans le Pas-de-Calais sur une longueur de 60 kilomètres et sur une superficie de plus de 38,000 hectares.

En 1855, ces concessions produisaient 130,000 tonnes.

D'autres recherches, en grand nombre, s'effectuaient au delà de Fléchinelle, au sud et au nord, entre Béthune, Hazebrouck, Saint-Omer et Guines pour suivre le prolongement du bassin nouvellement découvert et reconnaître sa liaison avec le petit bassin connu d'Hardinghem et les grands bassins de l'Angleterre. Les nombreux sondages entrepris dans ce but n'aboutirent à aucun résultat favorable.

Cependant la compagnie de Vendin, par une série de sondages, détermina au nord-ouest de Béthune l'existence d'une espèce d'anse occupée par le terrain houiller, en dehors de l'allure générale du bassin, et obtint par décret du 6 mai 1857 une concession de 1,166 hectares.

En 1855, sur les indications négatives fournies par un sondage exécuté à Auby par la compagnie de l'Escarpelle, je fus amené à considérer que le bassin houiller devait occuper une certaine étendue au nord des concessions existantes. Les sondages exécutés à Ostricourt, à Carvin, à Meurchin, etc., confirmèrent ces prévisions et donnèrent lieu à l'institution de cinq nouvelles concessions d'ensemble, 6,833 hectares.

Deux autres concessions, celles de Liévin et de Cauchy à la Tour, furent accordées au sud des anciennes concessions, en 1862 et 1864, après divers travaux d'exploration.

Aujourd'hui, le bassin houiller du Pas-de-Calais, dont la découverte ne remonte qu'à 1850, comprend seize concessions d'une superficie de près de 40,000 hectares.

En 1850, les houillères d'Hardinghem étaient seules connues dans le Pas-de-Calais, et produisaient le faible chiffre de 19,000 tonnes.

En 1860, ce département produisait déjà 598,000 tonnes; en 1870, 2,000,000 de tonnes, et en 1873 près de 3,000,000 de tonnes.

Les capitaux engagés dans ces houillères représentent aujourd'hui 500 millions de francs, qui ont touché en dividendes, pendant le dernier exercice, 16 millions.

3

Ces quelques chiffres suffisent pour montrer l'importance de la découverte du nouveau bassin, l'influence qu'elle a exercée déjà, et celle bien plus grande encore qu'elle exercera dans l'avenir sur la prospérité industrielle du Nord de la France, et on peut dire, sans exagération, que la découverte des nouveaux gisements houillers du Pas-de-Calais est un des événements considérables qui marqueront pour notre pays la moitié du XIXᵉ siècle, comme la découverte du bassin du Nord avait marqué la première moitié du XVIIIᵉ.

Du reste, la consommation de la houille suivant une marche constamment croissante, la création des houillères du bassin du Pas-de-Calais n'a pas empêché le développement de celles du bassin du Nord. Leur production était en 1850 d'un million de tonnes. Elle s'est élevée en 1860 à 1 million et demi, en 1870 à 2,600,000, et en 1873 à 3 millions et demi de tonnes.

Les deux bassins du Nord et du Pas-de-Calais fournissent actuellement 6 millions et demi de tonnes, ou près des deux cinquièmes de la production totale de la France.

L'étendue de ces bassins, leur richesse, les capitaux considérables engagés dans leur exploitation, donnent la certitude qu'avant peu d'années leur production atteindra le chiffre de 10 millions de tonnes.

En effet, la hausse générale qui s'est produite dès le mois de juin 1872 dans les prix des houilles et qui les a portées en 1873 à un taux auquel on ne croyait pas qu'elles pussent jamais atteindre, a eu une influence considérable sur le développement de la production dans la région du Nord, et a amené l'ouverture de 14 nouveaux puits. Ces 14 nouvelles fosses, ajoutées aux 86 déjà en activité, donnent 100 siéges d'extraction qui vont fonctionner incessamment dans les deux bassins.

La même cause a encouragé l'entreprise de nouvelles recherches au sud, à Souchez, à Division, à Courcelles et à Équerchin; et deux demandes de concessions nouvelles, celle du midi de l'Escarpelle et celle de Marchiennes, sont actuellement à l'instruction.

Les concessions de Marly et de Crespin ont été acquises par des compagnies nouvelles qui se proposent d'y reprendre les travaux.

Une nouvelle société s'est constituée pour développer l'exploitation d'Hardinghem, et a obtenu déjà des résultats remarquables.

II

ÉTENDUE DES BASSINS
CONCESSIONS INSTITUÉES

Le bassin houiller du Nord et celui du Pas-de-Calais, qui en est le prolongement, s'étendent dans la direction du sud-est au nord-ouest de la frontière de Belgique jusqu'à la hauteur. d'Aire, sur un développement de 110 kilomètres. La largeur est comprise entre 8 et 12 kilomètres de Quiévrain à Béthune ; à partir de cette localité, elle se réduit à 4 kilomètres et va en diminuant de plus en plus jusqu'à Auchy et Fléchinelle où elle n'est plus que d'environ 1 kilomètre.

Il a été institué dans les deux bassins 38 concessions comprenant une superficie totale de 109,183 hectares.

La surface de chacune d'elles est très-variable ; elle est comprise entre 110 (Escaulpont), et 11,850 hectares (Anzin et Aniche).

La surface moyenne est de 2,873 hectares.

Plusieurs concessions appartiennent à la même compa-

gnie : ainsi la compagnie d'Anzin en possède 8 d'une
superficie totale de 28,053 hectares, la compagnie de
Vicoigne 4 de 10,667 hectares, la compagnie de Fresne-
Midi 3 de 1,546 hectares, la compagnie de Lens 2 de
6,939 hectares, la compagnie de Ferfay 2 de 1,206 hectares.

Les concessions de la compagnie d'Hardinghem, qui
ne figurent pas au tableau d'autre part, comprennent une
superficie de 3,431 hectares.

CONCESSIONS.

NUMÉROS.	NOMS des concessionnaires.	SUPERFICIE en hectares.	DATES DES TITRES qui ont institué les concessions.
1	Fresne.	2.078	1717, 1720, 1756, 1759, 1782, an VII.
2	Vieux-Condé. . .	3.962	1749, 1751, an VII, 1855.
3	Raismes.	4.819	1754. 1759, 9 ventôse an VII.
4	Anzin.	11.851	1717, 1720, 1735, 1759, 1782, an VII.
5	Saint-Saulve. . .	2.200	1770, 1810, 1834.
6	Denain	1.344	5 juin 1831.
7	Odomez.	316	6 octobre 1832.
8	Hasnon.	1.488	23 janvier 1840.
9	Aniche..	11.850	1774, 1779, 1784, 6 prairial an IV.
10	Douchy	3.419	12 février 1832.
11	Bruille..	403	6 octobre 1832.
12	Château l'Abbaye	916	17 août 1836.
13	Vicoigne.	1.320	12 septembre 1841.
14	Nœux.	8.028	1853, 30 décembre 1857.
15	Crespin.	2.812	27 mai 1836.
16	Marly.	3.313	8 décembre 1836.
17	Azincourt. . . .	2.182	1840, 15 février 1860.
18	Escautpont.. . .	4.721	10 septembre 1841.
19	Thivencelles. . .	981	id.
20	Saint-Aybert. . .	455	id.
21	Escarpelle. . . .	4.721	29 septembre 1850.
22	Dourges.	3.787	5 août 1852.
23	Courrières. . . .	5.460	1852, 1854, 25 juillet 1874.
24	Lens..	6.239	1853, 1854, 15 septembre 1862.
25	Douvrin.	700	18 mars 1863.
26	Bully-Grenay.. .	5.761	15 janvier 1853.
27	Bruay.	3.809	29 décembre 1855.
28	Vendin	1.166	6 mai 1857.
29	Marles.	2.990	29 décembre 1855.
30	Ferfay.	928	id.
31	Cauchy a la Tour.	278	21 mai 1864.
32	Auchy au Bois. .	1.363	1855, 22 avril 1863.
33	Fléchinelle.. . .	532	1858, 16 juillet 1863.
34	Ostricourt. . . .	2.300	19 décembre 1860.
35	Carvin.	1.150	id.
36	Meurchin	1.763	1860, 18 mars 1863.
37	Annœulin. . . .	920	19 décembre 1860.
38	Liévin	1.441	1862, 2 février 1874.
	Ensemble. . . .	109.183	hectares.

III

GISEMENTS

On se fera une idée assez exacte de l'allure de la formation houillère du Nord de la France, en se représen-
sant une grande vallée, profonde, sinueuse, dirigée du
sud-est au nord-ouest, qui aurait été remplie par des
dépôts successifs de schistes et de grès houillers alter-
nant avec de nombreuses et minces couches de houille,
ayant depuis quelques millimètres à $0^m,50$, 1 mètre,
$1^m,50$ et 2 mètres d'épaisseur.

Divers accidents et mouvements ont modifié ces dépôts,
qui s'étaient formés horizontalement, et leur ont imprimé
cette inclinaison générale vers le sud, ces contournements
en zigzags que l'on observe dans les coupes verticales
ci-jointes.

Cette vallée, une fois remplie, a été recouverte comme
tout le pays avoisinant ses bords, par des dépôts plus
modernes, dont l'épaisseur de $45^m,50$ à l'est atteint

180 mètres vers l'ouest, et constituent la craie, les terrains tertiaires et les alluvions. Les limites de cette vallée sont formées au nord par le calcaire carbonifère (calcaire de Tournai), et au sud par le terrain dévonien (terrain rouge), ainsi que l'ont constaté de nombreux sondages entrepris pour la recherche de la houille et tombés en dehors de la formation carbonifère.

Les dépôts inférieurs, ou plus anciens, vers le nord renferment les houilles maigres, contenant 8 à 10 pour 100 de matières volatiles, de Vicoigne et Fresne. Au fur et à mesure que l'on s'élève vers le sud, on rencontre des houilles contenant de plus en plus de matières volatiles, d'abord 12 à 16 pour 100, houilles sèches de Somain, du nord d'Anzin, puis 18 à 25 pour 100, houilles grasses à coke de Gayant, Saint-Waast, etc., et enfin 30 et jusqu'à 40 pour 100, houilles à longue flamme de Denain, Lens, Nœux, Marles, etc.

Aussi, les houillères du Nord et du Pas-de-Calais fournissent toutes les sortes de houille connues, des houilles applicables à tous les usages industriels, depuis l'anthracite à 8 pour 100 de matières volatiles employée à la cuisson de la chaux et des briques jusqu'au charbon à gaz ou Flénu, à 40 pour 100 de matières volatiles, en passant par tous les degrés intermédiaires entre ces deux sortes.

Cette variété dans la qualité des houilles, le nombre considérable des couches, minces à la vérité, mais dont l'ensemble présente une épaisseur de houille comparable à celle des bassins les plus favorisés, enfin la grande superficie, plus de 100,000 hectares, sur laquelle s'étendent ces couches, constituent les éléments d'une immense richesse et expliquent bien l'intérêt qui s'attache aujourd'hui aux houillères du Nord de la France.

Quelques exemples, relevés dans un certain nombre d'exploitations, permettent de donner une idée du nombre des couches et de l'épaisseur en charbon renfermé dans les bassins du Nord et du Pas-de-Calais.

Le faisceau des houilles maigres exploité à Fresne par les compagnies d'Anzin et de Fresne-Midi, comprend 24 couches exploitables, formant ensemble une épaisseur de charbon de 14m,90.

La partie du même faisceau exploitée à Vicoigne présente 15 couches exploitables, ayant ensemble 9m,30 d'épaisseur.

Le faisceau des houilles demi-grasses du nord d'Anzin, superposé aux houilles maigres de Vicoigne et séparé de ces dernières par un assez grand espace qui renferme certainement des veines inconnues, contient 18 couches présentant une épaisseur de 9m,40 de charbon.

Le même faisceau exploité par la compagnie d'Aniche, près de Somain, se compose de 15 couches ayant ensemble 8m,03 d'épaisseur.

Au-dessus du faisceau des houilles demi-grasses, on trouve le faisceau des houilles grasses, qui se compose : 1° à Saint-Waast, près Valenciennes, de 15 couches, ensemble 7m,48 d'épaisseur; 2° à Denain de 29 couches, ensemble 16^m,80 d'épaisseur; 3° à Gayant, près Douai, de 23 couches, présentant ensemble 14^m,95 de houille.

Enfin, au-dessus du gisement de Gayant, on trouve à la fosse n° 4 de l'Escarpelle un nouveau faisceau de houille plus gazeuse, contenant 27 à 30 pour 100 de matières volatiles, de 10 couches et de 6 à 7 mètres d'épaisseur totale.

Ainsi, d'après les exemples cités ci-dessus, pris dans le bassin du Nord seulement, on connaît dans ce bassin :

1° de 15 à 24 couches de houille maigre
d'une épaisseur totale de   9^m,30 à 14^m,90

2° de 15 à 18 couches de houille demi-
grasse ou sèche d'une
épaisseur totale de . . .   8^m,03 à   9^m,40

3° de 29 à 33 couches de houille grasse
d'une épaisseur totale de 16^m,80 à 21^m,45

Ensemble : 59 à 75 couches de houille d'une
épaisseur totale de. . . 34^m,13 à 45^m,75

Dans le bassin du Pas-de-Calais, les grandes concessions ne sont pas moins bien partagées que celles du bassin du Nord. Ainsi les quatre fosses en exploitation dans la concession de Nœux ont exploré le bassin sur une largeur de 5,500 mètres et ont découvert 37 couches exploitables de toutes les qualités comprises entre 18 et 40 pour 100 de matières volatiles, et dont l'épaisseur totale en charbon atteint le chiffre de 23^m,70.

IV

PRODUCTION

L'exploitation commencée à Fresnes en 1724 eut
d'abord peu d'importance. Elle ne fournissait que des
houilles maigres d'un emploi difficile et restreint. Ce n'est
qu'après la découverte de la houille grasse à Anzin, en
1734, que la production de la compagnie Desandrouin
atteint un chiffre quelque peu considérable.

En effet, dès 1744, l'exploitation d'Anzin est citée pour
son importance et la manière dont elle est réglée. Elle
devait fournir en 1756 environ 100,000 tonnes.

La fusion des compagnies concurrentes, en 1757, donna
une vive impulsion à l'extraction. D'après Duhamel, elle
s'élevait de 1779 à 1783 à 350,000 muids de 1,000 livres,
ou à 175,000 tonnes, et d'après Dieudonné à 280,000 tonnes
en 1789.

Les exploitations d'Anzin et d'Aniche, fortement ré-
duites pendant la Révolution, fournissaient en 1802

240,000 tonnes. Sous l'Empire, pendant la réunion de la Belgique à la France, ces exploitations restent stationnaires. Sous la Restauration, leur production s'élève de 280,000 tonnes en 1820, à 430,000 tonnes en 1830.

L'établissement des nouvelles concessions, le développement que prennent les anciennes, élèvent la production du bassin du Nord à 776,000 tonnes en 1840, et à 1 million de tonnes en 1850.

A partir de cette année, les exploitations du Pas-de-Calais viennent s'ajouter à celles du Nord, et la production des deux bassins s'élève graduellement :

En 1855, à	1,776,000	tonnes.
En 1860, à	2,152,080	—
En 1865, à	3,484,000	—
En 1870, à	4,732,000	—
En 1873, à	6,477,000	—

Pour juger de l'accroissement relatif de la production des bassins houillers du Nord et du Pas-de-Calais, il faut le comparer à l'accroissement qui s'est produit dans les bassins de Mons, du Centre et de Charleroy formant la province du Hainaut (Belgique), avec lesquels ils ont la plus grande analogie.

Il ressort de cette comparaison :

1° Que de 1850 à 1873, en 23 ans, la production des bassins du Nord et du Pas-de-Calais a plus que sextuplé, tandis que dans le Hainaut elle n'a pas triplé;

2° Que la production a doublé dans les premiers bassins tous les 9 ans, tandis qu'elle n'a doublé dans le Hainaut que tous les 15 ans.

Si l'on fait la même comparaison avec la production entière de la France, qui s'est élevée de 4,433,570 tonnes en 1850 à 17,485,000 tonnes en 1873, on voit que cette production n'a pas quadruplé, pendant que celle du Nord et du Pas-de-Calais a plus que sextuplé, et que la proportion dans laquelle cette dernière figure dans la production totale s'élève de 23 pour 100 en, 1850 à 37 pour 100 en 1873.

Les tableaux suivants donnent :

1° La comparaison des productions quinquennales des bassins du Nord et du Pas-de-Calais avec celles des bassins du Hainaut, et leur accroissement relatif;

2° La production du bassin du Nord de 1752 à 1849;

3° La production des différentes houillères du Nord de 1850 à 1873;

4° La production des diverses houillères du Pas-de-Calais, également de 1850 à 1873.

Un tableau graphique complète la représentation du développement de la production des deux bassins.

COMPARAISON

DES ACCROISSEMENTS DE PRODUCTION

DANS LES BASSINS DU NORD ET DU PAS-DE-CALAIS

ET LES BASSINS DU HAINAUT.

ANNÉES.	NORD ET PAS-DE-CALAIS.		PROVINCE DU HAINAUT.	
	Production.	Accroissement dans la période quinquennale.	Production.	Accroissement dans la période quinquennale.
	Tonnes.	%	Tonnes.	%
1850	1.020.308		4.410.761	
		756.286 74		2.017.655 46
1855	1.776.594		6.458.416	
		375.944 21		1.048.104 16
1860	2.152.538		7.506.520	
		1.132.291 61		1.816.080 24
1865	3.481.832		9.206.058	
		1.247.087 35		873.930 9
1870	4.731.919		10.196.530	
		1.745.205 36		1.456.423 11
1873	6.477.124		11.652.953	
		5.456.816 534		7.242.192 104

4

PRODUCTION DU BASSIN HOUILLER DU NORD
ANTÉRIEUREMENT A 1850

ANNÉES.	ANZIN.	ANICHE.	DOUCHY.	VICOIGNE.	AZINCOURT.	FRESNE-MIDI.	DIVERSES autres houillères.	LE BASSIN.
1752	70.000	»	«	»	»	»	»	70.000
1756	100.000	»	»	»	»	»	»	100.000
1780	175.000	5.200	»	»	»	»	»	180.200
1790	280.000	4.500	»	»	»	»	»	284.500
1800	220.000	19.158	»	»	»	»	»	239.158
1810	210.000	26.750	»	»	»	»	»	236.750
1820	253.000	30.450	»	»	»	»	»	283.450
1825	318.700	33.416	»	»	»	»	»	352.116
1830	392.800	38.870	»	»	»	»	»	431.670
1836	530.000	32.694	77.137	»	»	»	15.169	655.000
1837	560.000	30.825	85.000	»	»	»	14.175	690.000
1838	590.000	24.991	101.150	»	»	»	13.859	730.000
1839	620.000	26.287	85.951	»	»	»	17.468	749.706
1840	648.077	19.252	84.908	»	»	»	24.059	776.296
1841	703.897	23.736	93.294	11.826	»	12.017	30.230	875.000
1842	733.825	36.577	87.736	42.754	»	12.402	»	913.344
1843	663.525	58.451	81.052	46.265	26.819	17.318	»	893.440
1844	565.044	63.198	91.800	68.110	31.684	22.374	17.790	860.000
1845	574.670	67.330	110.938	63.265	37.108	20.359	16.330	899.000
1846	617.450	84.763	119.604	40.900	31.322	22.732	13.329	930.000
1847	778.573	94.143	138.112	71.978	40.038	11.729	11.427	1.150.000
1848	626.788	81.109	104.569	62.077	30.179	15.955	6.634	927.311
1849	623.223	100.429	126.059	61.645	27.108	23.134	737	962.335

PRODUCTION DES HOUILLÈRES DU NORD
DE 1850 A 1874

ANNÉES	ANZIN.	ANICHE.	DOUCHY.	VICOIGNE.	AZINCOURT.	FRESNE-MIDI.	ESCARPELLE.	ANNEULIN.	LE DASSIN.
1850	647.787	107.583	128.226	64.338	31.215	19.706	2.009	»	1.000.864
1851	617.485	120 730	136.491	63.130	36.403	27.820	28.051	»	1.030.113
1852	628.870	148.911	147.638	65.674	33.451	20.826	25.171	»	1.070.544
1853	838.917	185.805	154.554	79.148	39.440	23.873	20.751	»	1.341.988
1854	860.853	201 639	179.934	93.996	49 394	26.571	31.657	»	1.444.034
1855	970.014	219.950	180.978	116.676	46.857	37.341	44.345	»	1.616.161
1856	929.597	243.840	177.894	115.248	47.884	31.966	44.744	»	1.588.173
1857	847.600	261.782	158 094	110.796	32.776	44.337	51.867	»	1.507.252
1858	869.693	269 418	164.013	112.510	32.922	39.650	57.422	»	1.545.628
1859	877.494	296.985	146.873	95.426	32.826	42.893	57.257	»	1.549.754
1860	846.303	289.473	146.715	104.466	34.383	38.307	86.316	8.342	1.554.306
1861	915.256	296.785	139.158	105.662	46.043	43.777	102.2 5	10.512	1.659.428
1862	943.302	349.511	153.388	101 764	39.503	41.617	115.008	14.220	1.758.016
1863	986.412	349.096	163.767	100.970	44.641	43.442	115.197	23.000	1 826.526
1864	991.875	364.947	173.999	97.326	41.088	45.162	132.840	19.324	1.866.561
1865	1.115.829	438.532	177.975	108.797	35 829	55.902	132.521	»	2.065.385
1866	1.275.373	482.670	172.679	112.285	36.547	58.267	108.574	»	2.244.997
1867	1.374.359	447.874	167.799	107.074	27.122	52.559	113.980	»	2 300.192
1868	1.537.919	407.725	165 713	108.433	27.701	38.888	115.573	»	2.401.373
1869	1.647.162	471.815	167.135	110.545	36.463	40.220	135.742	»	2.600.320
1870	1.763.372	447.677	171.019	112.090	36.133	54.977	143.046	»	2.728.644
1871	1 689.714	548.086	151.989	115.094	33.133	49 585	148.629	»	2.736.230
1872	2.027.585	568.417	172.815	136.540	32.765	62.998	217.278	»	3.218.898
1873	2.191.504	618.462	181.227	139.951	35.956	68.504	258.831	»	3.494.485
1874	1.992.204	618.760	177.989	138.634	40.223	54.592	257.699	»	3.280.101

PRODUCTION DU

DU PAS-DE-CALAIS

ANNÉES	DOURGES	COURRIÈRE	LENS	BULLY-GRENAY	NŒUX	DRUAY	MARLES	FERFAY	ANICHY
1850	»	»	»	»	»	»	»	»	»
1851	»	14.672	»	»	»	»	»	»	»
1852	»	12.818	»	»	9.128	»	»	»	»
1853	»	17.420	207	6.960	31.213	»	»	»	»
1854	»	21.022	9.019	18.560	44.393	»	»	»	»
1855	»	18.577	37.393	27.249	53.723	2.950	»	3.357	»
1856	17.820	23.675	61.480	33.796	65.276	28.029	»	37.670	»
1857	42.717	73.028	71.101	33.982	81.348	47.010	»	37.376	»
1858	34.810	80.259	76.042	35.379	102.327	54.817	33.184	43.522	»
1859	30.779	73.498	76.549	54.151	85.641	55.975	53.695	38.814	2.539
1860	27.582	70.166	100.647	69.996	85.345	41.044	59.682	38.025	2.072
1861	50.044	75.206	164.837	120.399	86.246	62.562	74.139	34.200	9.173
1862	63.235	109.349	189.682	181.723	116.078	65.192	71.498	39.561	17.689
1863	80.119	139.420	216.934	196.833	140.673	87.925	71.404	46.782	15.405
1864	92.289	180.122	235.831	176.400	155.512	85.152	62.992	49.851	27.107
1865	100.330	202.044	281.574	180.168	167.043	86.354	64.206	61.385	32.087
1866	114.703	230.587	330.171	173.411	192.888	89.419	86.989	79.004	41.988
1867	122.973	227.660	358.137	161.701	179.793	102.318	102.132	72.696	44.789
1868	114.400	279.173	386.928	194.652	205.555	102.301	122.688	69.997	21.348
1869	115.219	316.904	409.575	199.370	218.353	120.913	137.541	80.466	16.762
1870	107.458	309.972	414.212	209.071	236.955	150.151	137.157	91.051	19.819
1871	107.910	289.117	481.018	220.520	280.920	148.106	152.349	121.115	18.774
1872	106.832	353.580	583.275	206.817	383.221	200.503	225.049	159.361	22.070
1873	100.576	376.621	651.549	235.795	417.125	210.562	251.943	167.809	17.100
1874	108.898	390.076	654.362	249.010	418.409	227.806	211.802	146.000	27.473

BASSIN HOUILLER

DEPUIS 1850.

FLÉCHINELLE	VENDIN	MEURCHIN	CARVIN	OSTRICOURT	LIÉVIN	DOUVRIN	CAUCHY	HARDINGHEM	ENSEMBLE	ANNÉES
»	»	»	»	»	»	»	»	19.444	19.444	1850
»	»	»	»	»	»	»	»	8.917	23.589	1851
»	»	»	»	»	»	»	»	15.403	37.369	1852
»	»	»	»	»	»	»	»	15.003	70.503	1853
»	»	»	»	»	»	»	»	17.154	110.148	1854
»	»	»	»	»	»	»	»	15.684	160.433	1855
»	»	»	»	»	»	»	»	16.682	283.968	1856
»	»	»	»	»	»	»	»	14.984	413.466	1857
»	»	»	»	»	»	»	»	6.668	469.908	1858
4.026	243	4.275	15.782	2.269	»	»	»	14.696	512.932	1859
7.857	615	36.671	28.925	6.622	4.068	»	»	15.911	598.252	1860
8.770	5.301	38.511	38.648	15.469	19.899	1.350	1.485	21.005	787.214	1861
5.575	8.137	42.256	62.224	21.221	26.877	4.339	7.615	18.459	1.050.697	1862
6.355	23.889	52.461	63.565	27.438	13.861	397	8.235	20.458	1.160.617	1863
9.065	34.909	52.408	65.280	25.341	21.655	778	17.771	19.291	1.291.877	1864
8.551	29.716	61.790	63.251	22.902	21.272	5.220	19.298	2.047	1.419.447	1865
4.779	25.714	66.296	72.148	13.715	29.471	23.395	18.497	6.906	1.619.021	1866
7.918	32.237	47.409	71.451	16.516	36.676	19.616	9.097	2.101	1.617.569	1867
18.697	37.221	46.844	71.628	18.088	39.230	11.707	4.000	1.805	1.747.165	1868
24.824	36.381	55.455	74.464	21.314	67.101	10.832	»	8.230	1.843.707	1869
32.026	52.589	57.005	81.700	12.193	80.457	6.377	»	4.386	2.003.275	1870
42.090	43.519	61.321	101.996	17.274	96.950	5.212	5.117	15.103	2.203.341	1871
57.865	47.882	70.076	117.783	29.033	127.011	2.507	6.386	20.449	2.708.713	1872
37.009	45.317	80.075	136.505	28.778	116.787	2.481	14.336	32.488	2.862.680	1873
35.673	35.443	82.991	133.641	37.432	158.982	3.781	9.000	52.771	2.983.585	1874

V

OUVRIERS. — SALAIRES

En 1756, la compagnie Desandrouin employait, tant au fond qu'au jour. . . . . 1,500 ouvriers.

La compagnie d'Anzin en occupait, d'après Duhamel, en 1783. . . . . . . 3,140 »

Et d'après Dieudonné, en 1789 et 1790. . . . . 4,000 »

En 1803, les compagnies d'Anzin et d'Aniche n'en employaient plus que. . 2,804 »

Les statistiques de l'administration des Mines donnent les chiffres suivants pour la totalité des ouvriers des houillères du Nord et du Pas-de-Calais :

En 1843.	9,631
En 1850.	9,976
En 1854.	15,643
En 1860	19,829
En 1865.	24,205
En 1870..	28,248
En 1873	36,693

La production annuelle d'un ouvrier n'était en 1783 que de 50 tonnes, et en 1843 elle n'atteint encore que 94 tonnes.

Par les améliorations successives apportées dans l'exploitation, la production de l'ouvrier s'accroît d'année en année et devient

En 1850	102 tonnes.
En 1855	113 —
En 1860	108 —
En 1865	143 —
En 1870	167 —
En 1873	176 —

Le taux de la journée, servant de base à la fixation de la tâche de l'ouvrier mineur proprement dit, était en 1775 de 14 sols et demi, en 1784 de 20 sols, en 1791 de 22 sols et demi.

Il a été porté successivement :

En 1833, à	1 fr.	70
En 1836, à	1	80
En 1843, à	2	»
En 1846, à	2	30
En 1848, à	2	50
En 1855, à	2	75
En 1866, à	3	»
En 1872, à	3	30
En 1873, à	3	50

Les prix ci-dessus sont loin de représenter le salaire réel du mineur qui travaille toujours à la tâche. Ainsi, en ce moment, le salaire moyen de la descente est de 5 fr. 50 à 6 fr. 20. Certains ouvriers habiles gagnent 8 et 10 francs par descente de 8 à 9 heures.

Les houillères du Nord et du Pas-de-Calais ont payé en salaires directs :

En 1843............ 4,412,508 francs.
En 1850............ 5,342,396 —
En 1855............ 9,668,934 —
En 1860............ 13,705,031 —
En 1865............ 18,305,723 —
En 1870............ 22,937,488 —
En 1873............ 40,995,646 —

Le salaire moyen annuel d'un ouvrier, au fond comme au jour, vieillards, hommes faits, jeunes gens ou enfants (35, 7 pour 100 au-dessous de 20 ans), qui n'était en 1843 que de 459 francs, a suivi la marche progressive indiquée dans le tableau ci-dessous :

ANNÉES.	SALAIRE annuel.	ACCROISSEMENT dans la période quinquennale.	
	fr.	fr.	pour 100.
1850	535		
		83	15.5
1855	618		
		73	11.8
1860	691		
		62	· 8,9
1865	753		
		60	8 »
1870	813		
		304	37.3
1873	1.117		
		582	108.7

On trouvera ci-après un tableau donnant le nombre d'ouvriers employés et le montant des salaires payés par les compagnies houillères de 1843 à 1873.

En outre de salaires élevés, toutes les compagnies houillères accordent à leurs ouvriers le chauffage gratuit, des logements à prix réduits, des secours en cas de maladie et l'instruction gratuite aux enfants. Ces diverses allocations représentent 73 francs par ouvrier et augmentent d'autant le salaire annuel.

A ce sujet, nous ne pouvons mieux faire que de citer les conclusions *d'une enquête ouverte en 1871 par le comité de la Société de l'Industrie minérale, district du Nord, sur la situation de la population ouvrière des houillères du Nord et du Pas-de-Calais.*

18 houillères déposent dans cette enquête.

Elles occupent 31,000 ouvriers appartenant à 18,000 familles, composées de 87,000 personnes, vivant à peu près exclusivement des salaires payés par les mines.

Le tiers de cette population est logée dans 7,061 maisons bâties par les compagnies et louées à raison de 60 francs par an, tandis que les maisons analogues sont louées par les particuliers à raison de 145 fr. 60.

Deux compagnies vendent des maisons à leurs ouvriers au prix coûtant, payables sans intérêts, à raison de 8 à 10 francs par quinzaine; elles en ont aliéné ainsi déjà 48.

Les enfants ne sont admis généralement dans les travaux qu'à l'âge de 12 ans.

Les 18 houillères dont il s'agit ont créé à leurs frais

25 écoles et 18 salles d'asile, dont les frais d'établissement se sont élevés à 711,194 fr. 67.

Elles ont contribué pour une somme de 200,000 francs à la construction de chapelles ou d'églises spéciales pour leur population ouvrière.

Elles donnent l'instruction gratuite, tant dans leurs propres écoles que dans les écoles communales, à 13,045 enfants, et dépensent de ce fait annuellement 152,600 fr. 48.

Plusieurs compagnies ont établi des pharmaciens, des ouvroirs, des orphelinats, des bibliothèques, des sociétés de musique, etc., dont elles font tous les frais.

Presque toutes les compagnies ont établi des caisses de secours alimentées par une retenue obligatoire sur les salaires, et par leur propre allocation et l'abandon des amendes. Ces allocations, les gratifications accordées en diverses circonstances, notamment à la Sainte-Barbe, représentent une somme annuelle de 322,796 fr. 07.

La compagnie d'Anzin, qui n'a pas de caisse de secours, paye annuellement en pensions, secours, service de santé, instruction des enfants, etc., 379,000 francs.

Toutes les compagnies accordent le chauffage gratuit à leurs ouvriers. Il a été ainsi distribué en 1869 environ 950,000 hectolitres de charbon, d'une valeur de 854,462 fr. 90.

En subvention aux églises, aux communes, pour écoles, frais de culte, etc., il a été dépensé dans la même année 131,698 fr. 97.

Enfin les réductions de loyer s'élèvent à 579,998 fr. 16.

Toutes ces sommes réunies montent pour l'année 1869 à 2,267,956 fr. 10, soit à plus de 73 francs par ouvrier, et à 22 pour 100 du dividende distribué par les compagnies à leurs actionnaires.

OUVRIERS.—SALAIRES.

ANNÉES.	PRODUCTION.	NOMBRE d'ouvriers.	PRODUCTION par ouvrier.	SALAIRES.	
				TOTAUX.	par ouvrier.
	Tonnes.		Tonnes.	Francs.	Francs.
1843	909.291	9.631	94	4.412.508	459
1844	876.745	9.501	92	4.241.536	446
1847	1.169.614	10.384	112	5.507.469	530
1848	944.985	9.928	95	4.995.668	503
1849	979.739	9.945	98	5.066.947	509
1850	1.020.308	9.976	102	5.342.396	535
1851	1.053.702	10.549	99	5.620.712	532
1852	1.107.913	10.749	103	5.646.987	525
1853	1.412.491	11.374	124	6.457.066	567
1854	1.554.182	12.261	126	7.494.322	611
1855	1.776.594	15.643	113	9.668.933	618
1856	1.872.141	16.664	112	11.313.304	679
1857	1.920.718	17.560	109	11.976.395	682
1858	2.015.536	18.463	109	12.927.877	700
1859	2.062.686	18.419	111	12.378.700	672
1860	2.152.538	19.829	108	13.705.031	691
1861	2.446.672	21.598	113	14.342.041	664
1862	2.808.713	22.285	126	15.550.178	670
1863	2.987.142	23.484	127	16.532.680	704
1864	3.158.438	24.010	131	17.215.433	717
1865	3.484.832	24.295	143	18.305.724	753
1866	3.864.018	25.131	153	20.171.154	802
1867	3.917.761	27.265	143	23.052.495	845
1868	4.148.538	28.378	146	23.734.441	836
1869	4.541.027	28.518	159	23.618.015	828
1870	4.731.919	28.248	167	22.937.488	813
1871	4.939.571	30.406	162	25.606.320	842
1872	5.927.111	33.087	179	33.650.913	1.017
1873	6.477.124	36.693	176	40.995.646	1.117
1874	6.263.686				

VI

PRIX MOYEN DE VENTE
DES HOUILLES

Les publications statistiques de l'administration donnent pour la valenr des houilles extraites dans les bassins du Nord et du Pas-de-Calais :

En 1843 . . . . 9,169,832 francs.
En 1850 . . . . 11,631,913 —
En 1855 . . . . 25,585,203 —
En 1860 . . . . 31,051,567 —
En 1865 . . . . 40,680,832 —
En 1870 . . . . 54,941,144 —
En 1873 . . . . 116,470,926 —

De ces chiffres on déduit les prix moyens de vente de la tonne, savoir :

En 1843. . . . . 10 fr. 08
En 1850. 11   40
En 1855. 14   40

En 1860. . . . . 14 fr. 42
En 1865. 11   67
En 1870. 11   61
En 1873. 17   98

Les prix comparatifs de vente des houilles de la province du Hainaut, sont :

En 1850. . . . . 8 fr. 31
En 1855. 12   78
En 1860. 11   56
En 1865. 10   69
En 1870. 10   85
En 1873. 21   90

On remarquera que, contrairement à ce qui se passait dans les années antérieures, le prix moyen de vente du Hainaut en 1873 a dépassé de 3 fr. 92 ou de plus de 20 pour 100 le prix moyen de vente du Nord et du Pas-de-Calais.

Les houillères de ces derniers bassins n'ont en effet augmenté leur prix que postérieurement aux houillères belges, et l'exécution des marchés conclus avant la hausse les a empêchés de profiter autant que ces dernières de l'augmentation énorme de 1873.

Le tableau suivant donne les prix moyens de vente des bassins du Nord et du Pas-de-Calais, de 1843 à 1873.

VALEUR DE LA PRODUCTION. — PRIX MOYEN DE VENTE

ANNÉES.	NORD.			PAS-DE-CALAIS.			ENSEMBLE.		
	PRODUCTION.	VALEUR.	par tonne.	PRODUCTION.	VALEUR.	par tonne.	PRODUCTION.	VALEUR.	par tonne.
1843	893.440	8.933.022	10. »	15.851	236.810	15. »	909.291	9.169.832	10.08
1844	860.000	11.137.029	12.95	16.745	272.565	16.30	876.745	11.409.594	13. »
1847	1.150.000	14.718.207	12.79	19.614	296.724	15.10	1.169.614	15.014.931	12.83
1848	927.311	10.593.415	11.40	17.674	255.255	14.40	944.985	10.848.670	11.48
1849	962.335	10.850.829	11.30	17.395	261.915	15.10	979.730	11.112.744	11.33
1850	1.000.864	11.333.472	11.30	19.444	298.441	15.60	1.020.308	11.631.913	11.40
1851	1.030.113	11.393.211	11. »	23.589	280.828	11.90	1.053.702	11.674.039	11.07
1852	1.070.544	11.710.259	10.90	37.369	473.445	12.80	1.107.913	12.183.704	10.99
1853	1.341.988	15.363.795	11.44	70.503	970.384	13.76	1.412.491	16.334.179	11.56
1854	1.444.034	17.349.109	12.01	110.148	1.647.759	14.96	1.554.182	18.996.868	12.22
1855	1.616.161	22.985.875	14.22	160.433	2.599.328	16.20	1.776.594	25.585.203	14.40
1856	1.588.173	25.178.157	15.85	283.968	4.713.105	16.59	1.872.141	29.891.262	15.96
1857	1.507.252	24.448.156	16.22	413.468	6.636.538	16.06	1.920.718	31.084.694	16.18
1858	1.545.628	20.775.290	13.43	469.908	7.376.103	15.69	2.015.536	28.151.393	13.97
1859	1.519.754	22.961.539	14.81	512.932	7.578.878	14.77	2.062.686	30.540.417	14.80
1860	1.554.306	22.571.497	14.52	598.232	8.480.070	14.18	2.152.538	31.051.567	14.42
1861	1.659.428	22.773.105	13.71	787.245	11.233.693	14.27	2.446.672	34.006.798	13.89
1862	1.758.016	2?.353.148	12.71	1.050.697	12.813.429	12.20	2.808.713	35.166.577	12.51
1863	1.826.525	20.924.726	11.45	1.160.617	13.964.004	12.03	2.987.142	34.888.730	11.67
1864	1.866.561	20.777.077	11.13	1.291.877	14.753.631	11.41	3.158.438	35.530.708	11.25
1865	2.065.385	24.311.133	11.77	1.419.447	16.369.699	11.53	3.484.832	40.680.832	11.67
1866	2.244.997	28.477.512	12.68	1.619.021	20.666.604	12.77	3.864.018	49.144.116	12.71
1867	2.300.192	31.539.241	13.71	1.617.569	22.383.436	13.84	3.917.761	53.922.677	13.76
1868	2.401.373	28.144.584	11.72	1.747.165	21.288.207	12.18	4.148.538	49.432.791	11.91
1869	2.600.320	30.095.466	11.57	1.943.707	23.296.722	11.98	4.544.027	53.797.188	11.75
1870	2.728.644	30.165.878	11.05	2.003.275	24.776.266	12.36	4.731.919	54.941.144	11.61
1871	2.736.230	33.229.748	12.14	2.203.441	27.296.656	12.39	4.939.571	60.526.404	12.25
1872	3.218.398	43.133.841	13.40	2.708.713	38.149.258	14.08	5.927.111	81.283.099	13.71
1873	3.494.435	59.522.427	17.03	2.982.689	56.948.499	19.09	6.477.124	116.470.926	17.98
1874	3.280.101	59.419.136	18.11	2.983.585			6.263.686		

VII

CONSOMMATION DE LA HOUILLE

DANS LES DÉPARTEMENTS
DU NORD ET DU PAS-DE-CALAIS

Le Nord et le Pas-de-Calais, surtout le premier, sont parmi tous les départements ceux qui consomment le plus de houille.

En 1853, leur consommation s'élevait à 1,825,769 tonnes, tandis que leur production n'était que de 1,394,473 tonnes.

Cette consommation a été en augmentant d'année en année et est restée supérieure à la production, malgré le développement de celle-ci, jusqu'en 1869.

En 1872, la consommation des deux départements est de . . . . 5,016,763 tonnes. et leur production est de. . . . . . 5,978,875 —

Excédant de la production. . . . 962,112 tonnes.

Le tableau suivant donne la consommation annuelle de chacun des deux départements depuis 1853, et leur production.

CONSOMMATION DE HOUILLE DES DÉPARTEMENTS
DU NORD ET DU PAS-DE-CALAIS.

ANNÉES.	CONSOMMATION.			PRODUCTION des deux bassins.	EXCÉDANT.		
	Nord.	Pas-de-Calais.	Ensemble.		de la consommation sur la production.	de la production sur la consommation.	pour 100
1853	1.435.025	390.744	1.825.769	1.412.491	411.278	»	29
1854	1.497.060	425.772	1.922.832	1.554.182	368.650	»	23
1855	1.545.205	432.687	1.978.072	1.776.594	201.478	»	11
1856	1.592.500	474.694	2.067.194	1.872.141	195.053	»	11
1857	1.675.000	504.708	2.179.708	1.920.718	258.990	»	13
1858	1.636.960	532.486	2.169.446	2.015.536	153.910	»	7
1859	2.007.050	546.478	2.553.528	2.062.686	490.842	»	23
1860	2.411.450	534.325	2.945.775	2.152.538	793.237	»	36
1861	2.407.954	550.594	2.958.548	2.446.672	511.876	»	20
1862	2.545.478	653.120	3.198.598	2.808.713	389.885	»	13
1863	2.664.589	713.915	3.378.504	2.987.142	391.362	»	13
1864	2.665.745	766.096	3.431.841	3.158.438	273.404	»	8
1865	2.673.065	924.266	3.597.331	3.484.832	112.499	»	3
1866	3.065.096	1.059.673	4.124.769	3.864.018	260.751	»	6
1867	3.062.668	974.375	4.037.043	3.917.761	119.282	»	3
1868	3.182.320	1.063.045	4.245.365	4.148.538	96.827	»	2
1869	3.286.836	1.084.013	4.370.849	4.544.027	»	373.178	8
1870	3.244.918	1.155.244	4.400.162	4.731.919	»	331.757	7
1871	3.550.658	1.135.587	4.686.245	4.939.571	»	253.326	5
1872	3.751.670	1.265.093	5.016.763	5.927.111	»	910.348	15
1873	4.313.939	1.437.766	5.751.705	6.477.124	»	725.419	11
1874				6.263.686			

VIII

MOUVEMENT DES HOUILLES

SUR LE CHEMIN DE FER DU NORD.

Le transport de la houille sur le chemin de fer du Nord donne lieu à un trafic considérable. Ainsi, en 1873, ce chemin a transporté :

	TONNES.	PRODUIT.
du bassin du Nord .	1,232,731	4,774,957 fr.
du Pas-de-Calais . .	1,580,848	6,998,388
de Belgique	2,254,428	9,378,001
d'Angleterre	278,310	1,745,588
de Fives.	54,351	48,058
Ensemble. . .	5,400,668	22,944,396
Transport en 1872 .	4,868,352	20,889,321
Augmentation .	532,316	2,055,074
	ou 10,93 %	ou 9,83 %

En 1869, le chemin de fer du Nord n'avait transporté que. . . . . 3,444,406 tonnes.
et en 1868 que. . . 3,137,954 —

Ainsi en cinq ans les transports de houille ont augmenté de 2,262,714 tonnes ou de 72 pour 100.

En outre des transports de houille, il y a eu en 1873 un trafic de coke de

Belgique.	205,937	tonnes.
Somain et Douai	160,009	—
	365,946	tonnes.

qui a produit 1,425,702 francs.

Le mouvement des houilles sur le chemin de fer du Nord était :

En 1859, de.	1,512,939	tonnes.
En 1860, de.	1,683,030	—
En 1861, de.	1,736,769	—
En 1862, de.	1,874,883	—

En résumé, sur le chemin de fer du Nord, le transport des combustibles représente, par rapport au trafic des marchandises à petite vitesse, 50 pour 100 du tonnage et 33 pour 100 des recettes.

Les principales destinations des houilles expédiées sont :

Paris et au delà..	1,190,797	tonnes.
Laon	392,032	—
Roubaix	305,462	—
Seclin, Lille, Fives.	292,611	—
Usines de Maubeuge	219,300	—
Hautmont.	154,396	—
Tourcoing.	125,674	—

Arras.. . . . .   108,241 tonnes.
Amiens   99,006   —
Douai.   94,027   —
Somain   91,346   —
Creil   82,670   —

EXPÉDITIONS DE HOUILLE

DES DIFFÉRENTES GARES DU CHEMIN DE FER DU NORD
ET PRODUIT DE LEUR TRANSPORT EN 1872 ET 1873.

PROVENANCE.	GARES EXPÉDITRICES.	1873		1872	
		POIDS.	PRODUIT.	POIDS.	PRODUIT.
		Tonnes.	Fr.	Tonnes.	Fr.
Bassin du Nord.	Somain.	457.155	1.923.169	441.335	1.747.289
	Lourches.	267.437	1.116.665	305.099	1.336.754
	Douai.	183.678	473.751	172.999	493.411
	Pont-de-la-Deule	120.371	450.043	87.561	236.740
	Valenciennes . .	88.530	443.678	43.545	266.028
	Raismes	64.420	277.473	70.000	354.345
	Leforest. . · . . .	30.360	38.598	33.421	48.703
	Montigny.	20.780	51.680	8.560	37.169
		1.232.731	4.774.957	1.162.520	4.520.439
Bassin du Pas-de-Calais.	Lens	422.795	1.990.245	365.970	1.787.565
	Nœux.	263.710	1.323.252	178.004	817.469
	Fouquereuil. . .	183.360	933.814	163.060	799.797
	Lillers	136.188	438.885	127.609	371.387
	Choques.	158.942	636.867	145.510	604.541
	Billy-Montigny.	126.470	509.885	126.578	546.443
	Carvin	101.027	270.565	96.270	187.031
	Buily-Grenay. .	99.615	586.205	63.869	332.555
	Hénin-Liétard. .	71.288	229.737	73.122	220.758
	Aire.	15.878	74.504	17.020	72.267
	Arras-Béthune .	1.615	4.397	2.455	12.002
		1.580.848	6.998.388	1.359.487	5.751.815
Houilles belges.	Brquelines. . . .	974.549	5.760.234	940.066	5.625.260.
	Quévy	871.913	2.981.777	903.481	3.681.579
	Mouscron	159.272	95.563	130.678	78.407
	Blandin.	137.026	247.952	76.090	161.412
	Quiévrain	69.769	249.309	48.582	129.163
	Momignies. . . .	41.899	43.166	36.872	35.897
		2.254.428	9.378.001	2.135.769	9.711.718
Houilles anglaises.	Dunkerque. . . .	137.362	952.193	65.856	464.813
	Boulogne, St-Valery .	95.330	488.103	48.284	179.915
	Calais.	45.618	305.292	29.492	203.443
		278.310	1.745.588	153.632	848.171
Divers.	Fives.	51.351	48.058	66.934	57.175
	Ensemble. . .	5.400.668	22.944.395	4.868.352	20.889.328

IX

MOUVEMENT DES HOUILLES

SUR LES VOIES NAVIGABLES DU NORD

Les états de la navigation ne donnent pas d'une manière précise les quantités de houille qui circulent sur les canaux. Mais les indications fournies par ces états, jointes aux renseignements particuliers que j'ai recueillis, me permettent d'établir d'une manière, au moins très-approximative, les quantités de houille expédiées par les voies navigables pour l'année 1873.

Il est entré de Belgique en France, houille et coke :

1° Par Condé.	540,619	tonnes.
2° Par la Sambre	624,933	—
Ensemble. . . .	1,165,552	tonnes.

Le bassin du Nord a expédié :

1° de Fresne	181,708	tonnes.
2° de Vieux-Condé et Hergnies.	124,750	—
3° d'Anzin..	171,424	—
4° de Denain.	201,713	—
5° de Douchy	68,832	—
6° de Douai.	87,000	—
7° de la gare de la Deule . . .	80,000	—
Ensemble. . .	915,427	tonnes.

et le bassin du Pas-de-Calais :

1° de Courrières	150,000	tonnes.
2° de Lens.	300,000	—
3° de Meurchin et Carvin. . .	50,000	—
4° de Nœux, etc.	200,000	—
Ensemble . .	600,000	tonnes.

Enfin il a été expédié par Calais, Dunkerque et Gravelines 70,000 tonnes de houilles anglaises.

Ainsi, en 1873, les lignes navigables du Nord ont reçu 2,750,979 tonnes de houille et coke.

Le chemin de fer du Nord a transporté dans la même année 5,766,514 tonnes ou plus du double.

X

CAPITAUX ENGAGÉS

Dans *les Houillères de la France en 1866,* M. Burat a
établi qu'en prenant une moyenne, entre divers exemples,
des houillères créées dans le Nord et le Pas-de-Calais, on
peut dire qu'une exploitation de 100,000 tonnes par
année exige un capital de 3 millions de francs.

Ce chiffre de 3 millions est parfaitement exact.

Pour s'en convaincre, il suffit d'examiner le détail des
articles portés dans les bilans qui accompagnent les rap-
ports présentés par les conseils d'administration des
compagnies houillères aux assemblées générales des
actionnaires.

La production des bassins du Nord et du Pas-de-Calais
étant de 6 millions 1/2 de tonnes, le capital engagé pour
cette production serait donc d'environ 200 millions de
francs.

On peut considérer ce capital comme un minimum.

Mais le public attribue une valeur bien plus considérable aux houillères des deux bassins.

Ainsi que le montrent les deux tableaux ci-joints, le capital engagé dans l'ensemble des compagnies, d'après le nombre et la valeur vénale de leurs actions, était en janvier 1874 de 542,868,619 francs, et en janvier 1875 de 881,183,488 francs.

En un an, il y a donc eu une augmentation de capital de près de 340 millions ou de plus de 60 pour 100.

Le capital engagé par 100,000 tonnes de production annuelle s'est élevé de 8 millions, qu'il était en janvier 1874, à 14 millions en janvier 1875. Un dividende de 4 francs par tonne suffisait en 1874 pour payer aux actions un intérêt de 5 pour 100; en 1875, ce dividende devra être de 7 francs par tonne pour servir le même intérêt.

Aussi, quelles que soient les espérances que l'on puisse fonder sur le développement de la production, on ne peut s'empêcher de penser que l'augmentation de valeur acquise en 1874 par les actions des compagnies houillères du Nord et du Pas-de-Calais est, en général, fort exagérée.

HOUILLÈRES DU NORD

ET

DU PAS-DE-CALAIS

———

EXTRACTION. CAPITAUX ENGAGÉS
EN 1873 ET EN 1874

1873

NOMS des compagnies houillères.	EXTRACTION en 1873.	NOMBRE d'actions émises.	VALEUR en janvier 1874.	CAPITAL d'après la valeur des actions.	CAPITAL correspondant à 100.000 tonnes.
Anzin	2.191.504	283	550.000	158.400.000	7.200.000
Aniche	618.402	260	193.200	50.180.000	8.100.000
Douchy	181.227	312	56.400	17.596.800	9.700.000
Escarpelle	258.831	5.773	3.238	18.692.974	7.200.000
Azincourt	35.956	1.500	414	621.000	1.700.000
Fresne-Midi	68.504	4.000	600	2.400.000	3.500.000
Dourges	100.576	1.800	6.000	10.800.000	10.800.000
Courrières	376.021	2.000	23.000	46.000.000	12.200.000
Lens	656.433	3.000	22.500	67.500.000	10.300.000
Bully-Grenay	235.795	10.200	991	16.051.200	6.800.000
Vicoigne-Nœux	577.096	4.000	15.325	61.300.000	10.600.000
Bruay	210.502	3.000	7.625	22.875.000	10.800.000
Marles	251.243	800 / 400	20.000 / 23.000	25.200.000	10.000.000
Ferfay	181.645	3.000	2.525	7.575.000	4.100.000
Auchy	17.100	7.072	520	3.677.440	21.000.000
Fléchinelle	37.009	3.000	465	1.395.000	3.700.000
Liévin	146.787	2.916	5.000	14.580.000	9.900.000
Ostricourt	28.778	6.000	137	822.000	2.800.000
Carvin	136.505	3.945	1.718	6.777.510	4.900.000
Mourchin	80.075	4.000	1.417	5.668.000	6.300.000
Vendin	45.347	2.713	1.015	2.753.095	6.100.000
Hardinghem	32.488	4.000	500	2.000.000	6.100.000
Ensemble	6.477.554	—	—	542.868.619	8.300.000

1874

NOMS des compagnies houillères.	EXTRACTION en 1874.	NOMBRE d'actions émises.	VALEUR en janvier 1875.	CAPITAL d'après la valeur des actions.	CAPITAL correspondant à 100.000 tonnes.
Anzin	1.992.204	288	800.000	230.400.000	11.500.000
Aniche	618.760	260	313.200	81.432.000	13.100.000
Douchy	177.989	312	80.796	25.208.352	14.100.000
Escarpelle	257.699	5.773	6.189	35.729.097	13.800.000
Azincourt	40.293	1.500	1.373	2.059.500	5.100.000
Fresne-Midi	54.592	5.000	1.783	8.915.000	16.200.000
Dourges	108.808	1.800	15.187	27.336.600	25.000.000
Courrières	390.076	2.000	37.405	74.810.000	19.000.000
Lens	658.142	3.000	35.500	106.500.000	16.100.000
Bully-Grenay	249.046	17.000	2.415	41.055.000	16.400.000
Vicoigne-Nœux	557.043	4.000	25.633	102.532.000	18.400.000
Bruay	227.806	3.000	11.750	35.250.000	15.400.000
Marles	211.802	800 / 400	25.000 / 32.100	32.840.000	15.400.000
Ferfay	155.000	3.000	3.320	9.960.000	6.400.000
Auchy	27.473	7.072	896	6.336.512	23.400.000
Fléchinelle	35.673	3.000	501	1.503.000	4.100.000
Liévin	158.982	2.916	9.521	27.763.236	17.400.000
Ostricourt	37.432	6.000	366	2.196.000	5.000.000
Carvin	133.641	3.945	2.577	10.166.265	7.500.000
Mourchin	82.991	4.000	2.856	11.424.000	13.700.000
Vendin	35.443	2.713	1.502	4.074.926	11.600.000
Hardinghem	52.771	4.000	924	3.692.000	6.900.000
Ensemble	6.263.686	—	—	881.183.488	14.000.000

TABLE

PARIS. — J. CLAYE, IMPRIMEUR, 7, RUE SAINT-BENOIT. [235]

www.ingramcontent.com/pod-product-compliance
Lightning Source LLC
Chambersburg PA
CBHW060457260626
47161CB00005B/2152